P9-CBK-999

Land of the *Four Winds*

KPA NIEH KPAU

by Veronica Freeman Ellis
Illustrated by Sylvia Walker

For my children Tanya and Tonieh
and in loving memory of my mother
Sarah Tanoe Freeman
My Guiding Spirit
V.F.E

To the woman who
encouraged me to use my
imagination and create
Thanks, Mom.
Love, S.W.

Text copyright 1993 by Veronica Freeman Ellis. Illustrations copyright 1993 by Sylvia Walker. All rights reserved. No part of this book may be reproduced or utilized in any form or by any means, electronic or mechanical, including photocopying, recording or by any information storage and retrieval system without permission in writing from the publisher. Inquiries should be addressed to JUST US BOOKS, INC., 301 Main Street, Orange, NJ 07050.

Printed in the Hong Kong /First Edition 10 9 8 7 6 5 4 3 2 1
Library of Congress Catalog Number 92-72001
ISBN: 0-940975-38-6 (hardcover) 0-940975-39-4 (paper)

JUST US BOOKS
Orange, New Jersey
1993

CURR
PZ
7
E4764
Lan
1993

FRANKLIN PIERCE
COLLEGE LIBRARY
RINDGE, N.H. 03461

Once upon a time far, far away, people lived in an ancient kingdom with Toyuwa, the north wind, Sundegah, the south wind, Mechen, the east wind, and Dema, the west wind.

These were good winds and their kingdom, called Land of the Four Winds, possessed a rare, mystical beauty. Each day the land awakened with kisses from morning dew. All over green fields, fragrant flowers bloomed. At dawn delicate rainbow petals opened in praise and at dusk they closed in prayer, giving thanks for another glorious day.

Sleek, bright-eyed animals frisked through a dense forest. Colorful birds nested in trees covered with dazzling green leaves and wood of the darkest hue. Luscious fruit and vegetables grew in abundance.

Serene lakes that dotted the land and winding rivers that flowed through hilly regions were homes of Neejee, evil water spirits. Neejee lived in bubbling creeks that peeked from hiding places in tangled underbrush. Neejee also made their homes in the thunderous ocean which crashed onto exquisite, golden sand. Towering above all was majestic Nidi Mountain, an anxious mother hovering over her precious children.

One day while some children were swimming in Mwen River, Neejee tried to take the children down to Neejee Land. The winds, blowing with all their might, pushed the children onto the riverbank. Robbed of their prizes, angry Neejee began to stir up lakes, rivers, creeks and ocean.

For safety the people moved to higher ground. They thought the water would become calm, but they were wrong. Roaring water swirled through the land, washing out all the color! Then silently, after a few days, the water receded.

The kingdom began to waste away. Land of the Four Winds was now shrouded in a mist that hung like a pall, smothering life. Scrawny, dull-eyed animals stumbled about in a trance. Wan, worn fruit and vegetables lost their flavor. Land of the Four Winds was without energy, without color.

The people needed healthy food to survive, so they decided to search for new, fertile land.

All but one person left the kingdom. An old woman who lived in Tahn Valley at the foot of Nidi Mountain refused to leave. Because she was the oldest, Dabo had become the land's Guiding Spirit. She told the people she was staying to look after the land.

Now, Dabo summoned the winds and their children, the breezes, to discuss the spell that gripped the kingdom.

"My people, heah deh palaver-o*," said Dabo."Neejee na put dey muf** on we lan'. How we will fix it?"

"Dabo, you'se'f you heah Neejee talk," answered Toyuwa, the ruler of the winds. "We no can do nut'in.' Only people chile wi' medicine talk can put color in we lan'."

"Since dat time people go find new lan' people nehwer come heah," remarked Sundegah, Toyuwa's brother. "So wha' we will do?"

"Dis color palaver dat big palaver," said Dabo. "Y'all mus' leave dis lan'. Go diff'ren', diff'ren' way. Look for people chile wi' medicine talk. Jes now spirit worl' be callin' me. Befo' dat time lemme see color in we lan' so my heart can lay down good."

The winds set out on their quest to find the human child with the magic words. The breezes were searching towns and cities, too.

Time passed. The winds and breezes still hadn't found the special child. They returned to their kingdom.

"Dabo, it no be easy t'in' to find people chile wi' medicine talk," reported Mechen, Toyuwa's wife.

"We go plenty place," explained Dema, Sundegah's wife. "We heah people chirrun makin' talk, but no medicine talk."

*palaver (pah lah vah) discussion; problem   **muf: mouth

"*D*abo, you right-o," said Sundegah. "Dis color palaver big-o."

"Heavy kinja* to tote," added Toyuwa.

"Y'all go try ag'in," urged Dabo. "Go far 'way. Find people chile to take kinja from we heyd**."

The winds rushed off, blowing furiously. This time Sundegah and Dema journeyed together in one direction, while Toyuwa and Mechen teamed up and took another route.

"Leh we go to deh cold place," Mechen suggested.

"You t'ink so deh chile wi' medicine talk be in dat kinda place?" asked Toyuwa.

"We mus' try all 'round," answered Mechen.

*kinja (kin jah): burden   **heyd (haid): head

$\mathcal{T}$oyuwa and Mechen traveled to a distant land. They arrived there one brisk, spring afternoon. School was out, so children were playing in backyards and in the parks. Everywhere they went, Toyuwa and Mechen listened carefully to what the children were saying.

A boy named Tonieh and his sister Tanya were taking their bikes to the park. Tonieh's bike was red with black wheels. Tanya had a pink and purple bike with a white basket attached to the front. Inside the basket were her crayons and some paper. The children's father, Mr. Sombai, walked alongside them.

Suddenly, a blustery wind whipped through the trees. *Crack! Snap!* Branches fell. Hedges trembled. Grass quivered. Leaves swirled. The wind roared!

"Listen, kids," Mr. Sombai said. "Don't ride down the hill. The wind's too strong. It might knock you down or blow you away."

"Daddy, you don't think the wind will really blow us away, do you?" laughed Tanya. "That's just how Mommy thinks evil spirits will snatch us every time we swim in the sea."

"Strange things can happen," cautioned their father.

"Daddy, you and Mommy believe that stuff because you grew up in Liberia," grumbled Tonieh. "Everyone knows the wind doesn't blow people away. The sea doesn't have evil spirits, either."

Tonieh pushed down hard on the pedal of his bike and sped off, enjoying the crisp air as it blew under the sleeves of his jacket.

After a while Tonieh cried out, "Hey, Daddy, this is no fun! I want to go to the top so I can come down really fast."

"Me, too," said Tanya. "With this strong wind, we'll go even faster. That'll make the ride more exciting."

"Daddy, can we ride down the hill?" asked Tonieh. "Please?"

"Oh, all right," their father said. "But only one ride each. Then we must go home. It's getting late."

$\mathcal{T}$oyuwa and Mechen were in the park. Of course, Tanya and Tonieh didn't know that.

"Tanya, you go first," said Tonieh.

"Fine," said Tanya, handing her crayons to Tonieh. "Put these in your jacket pocket. I don't want to lose them." Then she folded her paper and tucked it into her sweater.

Tanya walked her bike to the top of the hill, got on, and pedaled down as fast as she could. With the wind pushing from behind, it seemed as though she were flying.

"Wow!" exclaimed Tanya. "That was great! Your turn now, Tonieh."

"All right. Watch me, Daddy!" Tonieh called out from the hill. "I'm going to fly, fly, fly away!"

Just as Tonieh began to pedal, Toyuwa and Mechen blew with more force, pushing him down the path faster than he had ever gone. Tonieh whizzed past his father and Tanya and around the high wall of the tennis court, where he was hidden from view. Then in one quick motion, the powerful winds lifted Tonieh and his bike. Tonieh was flying.

$\mathcal{T}$oyuwa and Mechen blew Tonieh and his bike all the way to Land of the Four Winds, where they set them down gently and safely. News of Tonieh's arrival reached the other winds and the breezes. *Whoo-oo-oo-sh! Wheee! Wheee! Whrrr-rr! Whoo-oo! Whoo-oo! Woo-oo-oo-sh! Whssh!*

They all rushed to see this boy from a distant land and his strange machine. They arrived in time to hear Tonieh speak.

"Where am I?" Tonieh asked, speaking his thought aloud. He had no idea the winds and breezes could hear.

"You in Lan' O Four Win's!" boomed Toyuwa. "Me be Toyuwa, Ruler. Me an' my wef, Mechen, we brin' you to we lan'."

"Why?" questioned Tonieh. "Don't you know my family will be worried about me?"

"*Ooooooooohhhh*," moaned the breezes.

"Small boy no get fear," whispered Mahyu, the morning breeze.

"Small boy no know how Toyuwa be plenty vex sometime," murmured Kahnweah, the afternoon breeze.

Deconti, the evening breeze, said softly, "Small boy be man pickin.*"

"Yeah-o, he be man pickin," echoed Gahyu, the land breeze and Mardieh, the sea breeze.

The breezes became silent as Tonieh spoke.

"Take me home right now!" he commanded. "I want to be with my family."

"Befo' you go," roared Toyuwa, "you mus' do wuk for we!"

"What work?" demanded Tonieh. "Tell me quickly so I can do it and go home." Tonieh was growing impatient.

*man pickin (man pee kin): a courageous child

"Take time, small boy!" retorted Toyuwa. "Jes now night comin'. You no can wuk in dark. Tomorra you wuk. Now go sleep."

$\mathcal{T}$he next day the winds and breezes met with Tonieh in Tahn Valley. Dabo was there, too. When all was quiet Toyuwa announced, "Dabo, my brudduh Sundegah, and deh odduh people will talk. Small boy, Dabo be Guidin' Spirit in we lan'."

"Look 'round you, small boy," Dabo began. "Wha' you see?"

"Nothing," Tonieh answered. "I only hear your voices and the whooshing sounds you make. There's no color here. Mahyu had to tell me we were in Tahn Valley at the foot of Nidi Mountain. I didn't know that from looking around."

"You right-o," agreed Sundegah. "Dat why you heah. Jes you can put color in we lan'."

"Long, long time plenty color be in we lan'," explained Dabo. Neejee wash color clean from lan'."

"Neejee? Who's that?" asked Tonieh.

"Neejee be bad spirit in water," Dabo answered. "Toyuwa, Sundegah, Mechen, an' Dema blow some fine, fine people chirrun from Mwen River. Neejee no can take people chirrun down to Neejee Lan'. Neejee vex plenty."

For a moment Tonieh was puzzled by Dabo's words. Then he began to understand.

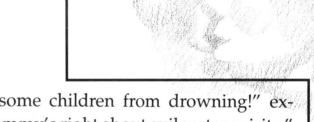

"The winds saved some children from drowning!" exclaimed Tonieh. "So Mommy's right about evil water spirits."

Dema continued, "Neejee tell we people chile wi' medicine talk, *me comin' fly, fly, fly 'way*, can put color back."

"You make medicine talk," added Mechen. "Dat why we brin' you to we lan'. Befo' you go, you mus' put color back."

"But I don't know where the trees or the sea or the flowers are," said Tonieh who was close to tears. "I don't know where anything is. And I don't have any paint."

"Mahyu, Kahnweah, an' deh odduh chirrun will take you all 'round," stated Sundegah. "You put color back. We go."

"No, don't go!" Tonieh shouted. "Don't leave me here! Take me home! Please take me home! I can't put color back in your land!"

Only Dabo and the breezes heard Tonieh's desperate pleas. But they couldn't help.

Despair raced through him. Grief hit him. He slumped.

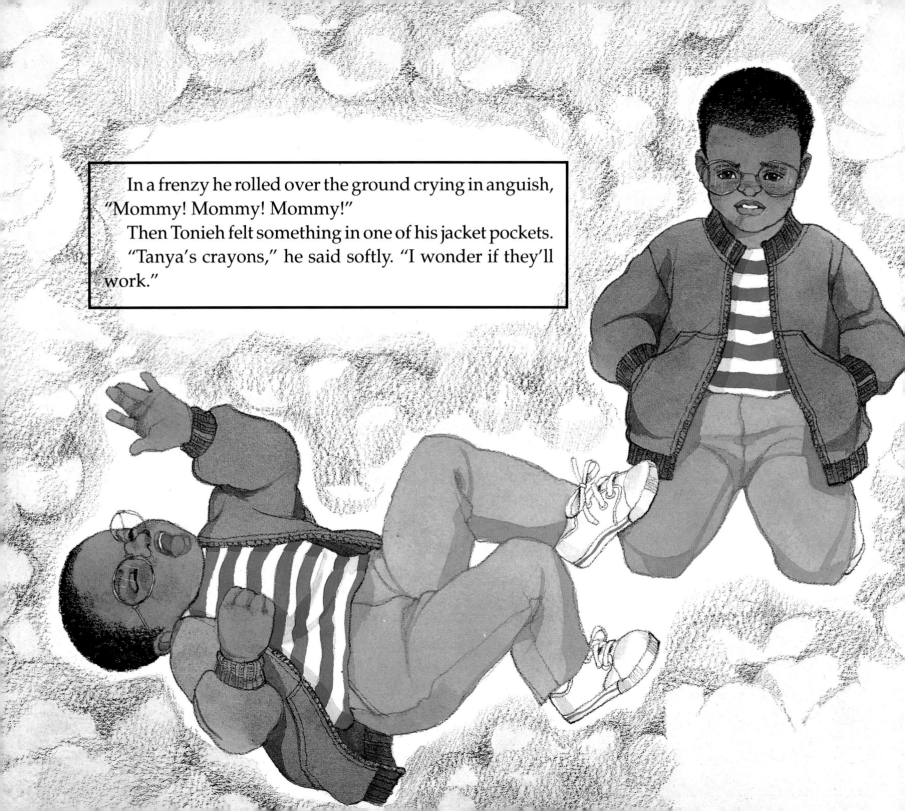

In a frenzy he rolled over the ground crying in anguish, "Mommy! Mommy! Mommy!"

Then Tonieh felt something in one of his jacket pockets.

"Tanya's crayons," he said softly. "I wonder if they'll work."

He took the crayons from his pocket and selected a shade of green. Tonieh made some light strokes on the ground. Nothing happened. He tossed the crayon aside.

"Just as I thought," he pouted. "The crayons won't work."

He turned away, drew up his knees, rested his elbows on them, and cradled his chin in his palms. He didn't know what to do.

Suddenly the breezes whirled! "*Wheeeeeee!*" whistled Mardieh. "Small boy, look! Color comin'!"

Tonieh turned around and looked at the spot where he'd made the strokes. He saw grass, pale green grass. He picked up the green crayon and made stronger strokes on another spot. Darker green grass showed up. He tried other spots. Patches of green smiled.

"Yes! Yes!" shouted Tonieh. "The crayons work! I just have to press real hard!"

He began to color Tahn Valley.

"What's here?" he asked the breezes, after he'd colored the grass.

"Plenty small bush wi' flower," answered Gahyu.

"Flower be diff'ren, diff'ren color."

Tonieh took out a darker green, pink, purple, red, yellow and orange crayons. As he set to work, blossoming plants started to wave.

"What else? What else?" he asked excitedly.

"Water be down dere," whispered Deconti. "It be small water ower plenty rock."

Whooo-ooosh!

Whooo-ooosh!

The breezes blew Tonieh further down the valley. Using a light blue crayon and various shades of brown, Tonieh made strokes. A stream tumbled over rugged land and gradually revealed itself.

Tonieh selected soft hues and continued to color Tahn Valley. Small, scurrying animals and twittering birds came alive. Dabo saw his work and was pleased.

"Small boy, color comin' small, small," she praised.

"Where are you Dabo?" Tonieh asked. "I want to see you."

"Finish you' wuk, small boy," Dabo told him. "Den you see me."

Whrrrrr! Whrrrrr!

The breezes lifted Tonieh out of Tahn Valley.

"Dis place no get tree," Mahyu murmured when they arrived in another area. "Jes plenty tall grass, plenty flower. Small flower, big flower."

Tonieh made bold strokes. Slowly rich fields and gently swaying flowers began to appear.

The petals shimmered in the sunlight.

Whoo-oo-oosh! Whssh!

Tonieh was on the move again. When the breezes set him down he bumped into something. He rubbed his hand up and down the object. It was tall, and the surface was rough.

"A tree!" cried Tonieh.

"Small boy, you be in fores'," said Kahnweah.

With the darkest brown crayon, and another that was almost black, Tonieh colored tree trunks and branches. He made the leaves a brilliant green.

"Bwerd be heah, too," Mardieh said softly.

Tonieh colored. Magnificent birds appeared. They chattered on branches and below trees. The breezes whisked him from place to place, telling him whether an area was full of hills, rivers, lakes, or creeks. They pointed out where animals roamed, where fruit and vegetables grew. They carried him to the top of Nidi Mountain.

Dusk rolled in. Tonieh colored faster, trying to complete his task before dark so he could go home, but night descended, and his work was still unfinished. Tonieh stopped. Without light he could do nothing.

𝒯onieh awoke early the next morning to continue his work, and by late afternoon he had finished. Land of the Four Winds was entrancing in its new beauty.

There were glistening green fields carpeted with vibrant,multicolored flowers. A new fragrance perfumed the air. There were robust trees clad in rich, dark bark and lustrous leaves. They stood with regal dignity.

Sturdy shrubs grew near lapping lakes and rippling rivers filled with crystal water. Creeks babbled again. Fluffy clouds sauntered across a sapphire sky, which was mirrored in the sea. Waves, tipped with white foam, danced over golden sand. Sunlight bounced off Nidi Mountain and shimmered over the sea like millions of sparkling jewels.

Once more, nimble animals romped in the fields and sprinted through the forest. Chirping birds flitted through the trees and succulent fruit and vegetables sprouted everywhere. The land lived.

"Small boy, you na do good wuk," praised Toyuwa. "T'ank you. T'ank you plenty."

"We lan' be fine-o," admired Sundegah.

"Bwerd singin'," said Mechen.

"Jes lek we," murmured the breezes.

"I want to see Dabo before I go home," said Tonieh to the winds. "Will you take me to her?"

Wheee! Wheee! Wheeeeeee-sh!

The breezes blew him to Tahn Valley. *Whrrr-rr-rr! Whrrr!* The winds followed in a whirl. But Dabo wasn't there. She had passed into the world of spirits just as dawn was greeting the day. Now she walked with the ancestors, and a hush lingered in Tahn Valley.

"Dabo na go to spirit worl'," whispered Mechen.

"Why did she go?" Tonieh asked sadly. "Couldn't she wait?"

"Nobody know wha' time spirit worl' be callin'," Dema sighed. "Even Dabo not know. But she spirit still heah."

"Small boy, you na take kinja from we heyd," comforted Sundegah. "You na brin' color to we lan' ag'in. Dabo see color. She heart lay down good. Leh you heart lay down, too. Leh you heart lay down. Me an' my wef Dema comin' take you home."

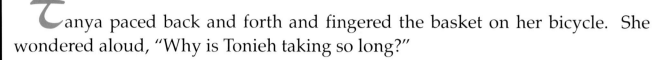

Tanya paced back and forth and fingered the basket on her bicycle. She wondered aloud, "Why is Tonieh taking so long?"

"Let's go look for him," her father responded. "Look, the wind's calmed down."

The chilly air no longer tore through the trees. A moist, gentle current flowed. Two leaves fluttered down and settled softly on the park bench. Tanya carefully picked them up.

"Daddy, look these leaves are so—so green and shiny," she said in astonishment.

"Mmmm," her father agreed. "They do look a bit bright, especially for this season."

At that moment Tonieh rode up on his bike. Tanya immediately dropped the leaves and started to scold her brother.

"You sure took a long time riding around the path," she told him.

"Come on you two!" called their father as he walked ahead. "The wind's building up again and it looks like it might rain.

When they reached home the children went straight to the family room.

"Man, am I tired!" exclaimed Tonieh, flopping onto the floor. "I've got to rest before dinner."

He closed his eyes while his sister fumbled with something on the floor.

"I've got to work on my art project," said Tanya. "It's due tomorrow."

Tanya took out her paper and began to copy a painting from the wall. It showed a creek surrounded by tropical plants and trees. A bird was perched on a branch of one of the trees.

"Get up, Tonieh," called Tanya when she finished her outline. "I need my crayons."

"Crayons . . ." mumbled Tonieh, sitting up reluctantly. "I was dreaming," he said sleepily. "I was in this forest with lots of . . . "

"Just give me my crayons," Tanya interrupted.

Tonieh looked inside the pocket where his sister's crayons had been, but they weren't there. He checked all his pockets. They were empty.

"Oh, noooooo," he moaned. "I left your crayons in Land of the Four Winds."

"Land of the Four Winds?" asked Tanya, puzzled. "What are you talking about? Your dream?"

Tonieh smiled and lowered his eyelids. As he lay back against the pillows he spoke softly, "Land of the Four Winds be fine place-o. I'll tell you all about it later."

Author's Note

During my childhood in Liberia, West Africa, I heard many stories about Neejee. Bassa folklore and my children's activities inspired the creation of *Land of the Four Winds*, an original fantasy.

My children, like many others, are growing up in the United States where the oral tradition, which held so prominent a place in my childhood, is almost nonexistent. *Land of the Four Winds* transports readers to the wonderfully mysterious world of Liberian oral tradition.

To make the visit more believable, I've included the Liberian dialect of English. That dialect is similar to English spoken by West Indians and by African Americans, especially those living on the Sea Islands off Georgia and South Carolina. West African captives who had to learn English adapted it to the speech patterns of their native languages.

Land of the Four Winds is set partly in Liberia, but the events are easily embraced by children and adults in countries throughout the world. What does color symbolize? Life? Happiness? Warmth? Peace?

I hope you will read the story again and take away an interpretation that is special for you.

Veronica Freeman Ellis
Brockton, Massachusetts, 1993

Glossary

The guide below gives pronunciations of unfamiliar words. Also provided are the English translations for Bassa names and meanings for Liberian idioms. Accented syllables appear in boldface.

Dabo (**dah** bo): old lady
Deconti (**dek** kon tee): a time for everything
Dema (**dee** mah): female born before or during a storm

Gahyu (**gah** yu): boy

Kahnweah (**kahn** we yah): the way is closed
kinja (**kin** jah): a basket made from palm leaves
kpa (pah): land
kpau (paw): wind

Mahyu (**mah** yu): girl

Mardieh (**mah** dee yeh): new woman
Mechen (mee **chen**): tears
mwen (mwen): morning

Nidi (**nee** dee): mountain in central Liberia
Neejee (**nee** jee): evil water spirits
nieh (**nee** yeh): four

Sundegah (**sun** deh gah): male born on Sunday

tahn (tahn): three
Toyuwa (**tuh** yu wah): child born before a war

---

heart lay down: be satisfied; be contented

Put one's mouth (muf) on someone or something: cast a spell

to tote a kinja: (figurative meaning) to carry a burden or problem

---

About the Author

Veronica Freeman Ellis learned the importance of the oral tradition while growing up in Liberia, West Africa. It was there she heard exciting tales that entertained and helped to educate. Many of the tales were Bassa, and many were about Neejee, evil water spirits. In *Land of the Four Winds*, Ms. Ellis transports readers to the mysterious and beautiful world of Liberian folklore.

Veronica Freeman Ellis is the author of *AFRO-BETS® First Book About Africa* and co-author of *Book of Black Heroes, Volume Two, Great Women in the Struggle*. *Land of the Four Winds* is her third book for young readers.

Ms. Ellis currently resides in Brockton, Massachusetts.

About the Illustrator

"Drawing positive images of black children gives me such pleasure," says **Sylvia Walker**. "It's so rewarding to capture the sense of wonder and feeling of pride and self-worth that young children display."

Ms. Walker's water color illustrations are rich and vibrant, and her black and white pencil drawings effectively convey the temporarily colorless world of Land of the Four Winds.

Sylvia Walker was trained as a fine artist and her works have been featured at many well-known galleries including Cinque Gallery in New York City. *Land of the Four Winds* is her first book for children.

Born in Pasadena, California, Ms. Walker currently makes her home in Philadelphia, Pennsylvania.

P9-AOJ-106

de la A a la Z

Perú

Andrea y Claudia Paz

de la A a la Z

Perú

Andrea y Claudia Paz

everest

A DE AMAZONAS

Es el río más caudaloso del mundo
y por él sentimos un amor profundo
pues con él la Selva se alimenta
y a muchos seres sustenta.

R06016 27461

El río Amazonas es largo y espectacular
pirañas, manatíes y delfines en él verás pasear.
Lo rodean plantas y animales curiosos
desde serpientes hasta los perezosos.

¡Río grande! ¡Río bonito!
Nadan en él muchos pececitos,
gracias a él los pueblos se reúnen
y diversas costumbres se unen.

El río Amazonas, el más caudaloso del mundo, nace en los Andes del Perú,
alimenta a toda la selva peruana y lo conecta con otros países.

B DE BATÁN

Para preparar purés y hacer harina,
triturar quinua y especias finas,
se debe moler con muchísimo afán
con un instrumento llamado batán.

Mece la piedra de lado a lado
sin olvidarte de cada costado
y sobre otra piedra verás quedar
los ingredientes para cocinar.

El batán es un instrumento que consta de dos piedras que se usa en la cocina
para moler alimentos.

C DE CAJÓN PERUANO

¡Tucutú - tucutú, tacatá - tacatá!
¡os ritmos negros suenan acá!
Moviendo las caderas al son del cajón
yo bailo contento esta alegre canción.

Mis manos golpean con gracia el cajón
y alegran a todos por cualquier rincón.
Con todos mis amigos yo bailo un festejo,
con el que disfrutan el niño y el viejo.

¡Tucutú - tucutú, tacatá - tacatá!
¡Los ritmos negros suenan acá!

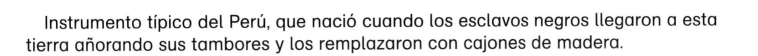

Instrumento típico del Perú, que nació cuando los esclavos negros llegaron a esta
tierra añorando sus tambores y los remplazaron con cajones de madera.

D DE DIABLADA PUNEÑA

¡Los diablitos han llegado!
¿Quién los combatirá?
¡Tienen cuernos los malvados!
¡Ay, qué miedo que me da!

Felizmente los angelitos
han llegado a combatir
iy al ritmo de un huaynito
al mal logran abatir!

Danza puneña en donde se representa la lucha entre el bien y el mal.

E DE ESTELA DE RAIMONDI

Es una gran piedra de granito,
también llamada «monolito».
Ha sido tallada con sumo cuidado
por la cultura Chavín, en el pasado.

Antonio Raimondi, un gran estudioso,
la llevó a Lima muy afanoso
para estudiar aquellos tallados
de felinos con dientes afilados.

Monolito que corresponde a la cultura
Chavín que fue hallado por el estudioso
italiano Antonio Raimondi, que dedicó
gran parte de su vida al estudio de la
historia y geografía del Perú.

F DE FITOPLANCTON

El mar peruano es verde azulado,
de él se extraen muchos pescados.
Esto es porque sus aguas son ricas
   en fitoplancton y aquí se te explica.

   El fitoplancton:
   es un conjunto de plantitas
   que flotan libres y pequeñitas.
   Si tú lo quieres observar
   un microscopio debes usar.

   El fitoplancton sirve de alimento
para moluscos y peces contentos.
Ahora ya sabes que el verde azulado
es un color muy afortunado.

El mar peruano es de color verde azulado gracias a la gran cantidad de fitoplancton que tiene, lo que favorece la gran variedad y cantidad de especies marinas que hay en él.

G DE GASTRONOMÍA

En todos los rincones del Perú
deliciosos platos podrás probar tú.
¡El ceviche, la pachamanca, la yuca frita
son alimentos de esta tierra bendita!

El Perú es un país de gran gastronomía,
lo que es para los peruanos una gran alegría.
El chupe, la causa y el lomo saltado
son platos sabrosos que te dejarán asombrado.

¡Qué gran variedad de frutos! ¡Grandes y diminutos!
¡Me los como todos en breves minutos!
De nutritivos alimentos gozan los peruanos,
te animo a probar los platos hechos con sus propias manos.

El Perú está orgulloso de todos los ingredientes que salen de su tierra, los peruanos con ingenio y buen gusto han hecho de su cocina un arte que fusiona diferentes tradiciones y la comparten con el mundo entero.

H DE HUACO

Huaco, huaquito, huaco, no te vayas a mover
pues si te mueves mucho te me puedes romper.

Chavín, Nazca, Mochica, Chanca, Vicus, Chimú
son culturas que hicieron huacos en el antiguo Perú.
Hechos de barro con mucha destreza,
representaban objetos de la naturaleza.

Son testimonios del tiempo pasado;
que hay que tratar con mucho cuidado.
Yo hice con cerámica un huaco–retrato
y ahora quiere jugar conmigo de rato en rato.

Huaco, huaquito, huaco, no te vayas a mover
pues si te mueves mucho te me puedes romper.

Los huacos del Perú son delicadas piezas de cerámica elaboradas por
diversas culturas. Cada pieza es un testimonio de cómo fueron las costumbres
de los antiguos peruanos.

I DE INCAS

Los incas viajaban caminando
pues ellos no tenían camiones ni barcos.
Puentes colgantes construyeron
y muchas cosas llevaron y trajeron.

Los incas en equipo trabajaban
y ellos muy bien se organizaban.
Los niños ayudaban, los grandes trabajaban
y los más viejitos aconsejaban.

El Tawantinsuyo fue un estado conformado por muchos pueblos. Llegó a ser tan grande que ocupó desde el sur de Colombia, pasando por Ecuador, principalmente por Perú y Bolivia, la mitad norte de Chile y el noroeste de Argentina. Se mantuvo unido gracias a que el único sistema de gobierno fue el Inca. Considerado hijo del Dios Sol, el inca era quien gobernaba el Tawantinsuyo.

J DE JUANE

¡A la bin, a la ban, a la bin bon ban!
¡Hoy celebramos la Fiesta de San Juan!

Nos bañamos en el río para recordar
cómo San Juan tenía el don de bautizar.
A misa iremos todos con mucha devoción
y luego saldremos para hacer la procesión.

La Selva está de fiesta, ¡vamos todos a bailar!
¡Mmm!, un rico juane yo ya quiero disfrutar.
Me preparo a saborear… Como uno, como dos.
¡Ricos juanes de gallina con arroz!

¡A la bin, a la ban, a la bin bon ban!
¡Hoy celebramos la Fiesta de San Juan!

El juane es uno de los platos más representativos de la selva peruana. Hecho con arroz, carne de gallina y envuelto en hojas de bijao. Es muy consumido especialmente durante la fiesta de San Juan.

K DE KIWICHA

Oye nenita, muy fuerte vas a estar
pues leche con kiwicha tú vas a tomar.
«¡Qué rica kiwicha!», exclama la nena,
y se va a jugar con la barriga llena.

La kiwicha es el tesoro de los andes,
pues nutre muy bien a chicos y a grandes.
Pan de kiwicha comían los Incas
¡si tú te lo comes te aseguro que brincas!

Dime, niñito ¿qué quieres merendar?
A una barra de kiwicha te quiero invitar.
Si comes kiwicha tan sano estarás
que quizás al espacio algún día llegarás.

La Kiwicha es un cereal consumido por las antiguas culturas del Perú desde hace más de 4 000 años. Su valor nutritivo es tan alto que es uno de los alimentos recomendados para los astronautas.

L DE LIMA

Se baña con el Rímac,
llamado «río hablador»
y para el buen entendedor
es la ciudad de Lima.

Para tener buen sueño
te invita «suspiro limeño»
y recordando a «las tapadas»
prepara chicha morada.

Ahí está el Palacio Presidencial
y su histórica Catedral.
Si la playa usted no se pierde,
visite la Costa Verde.

Lima es la capital del Perú. Fue la ciudad más importante de América del Sur durante el Virreinato. Llamada también Ciudad de los Reyes, está ubicada en la costa central del país.

M DE MACHU PICCHU

¿Esto es un cerro o una construcción?
Es Machu Picchu lo que te causa confusión.
Los Incas lo hicieron con rocas macizas
muy bien armadas, con uniones precisas.

Si al Cuzco tú vas, no dejes de ver
esta ciudadela que te va a sorprender,
en la cima de un viejo cerro empinado
naturaleza y trabajo se han juntado.

El Santuario Histórico de Machu Picchu es una obra maestra de la arquitectura
e ingeniería inca por sus acueductos y muros hechos de grandes piedras, por estar
ubicada entre las cumbres de las montañas y porque parece parte de la naturaleza
que lo rodea.

N DE NAZCA

Sobre las tierras del Sur del Perú
verás unas líneas maravillosas
hechas con ingenio y pulcritud
¡cientos de figuras asombrosas!

Podrás ver desde las alturas
animales y seres gigantes
que son algunas de las figuras
formadas por estas líneas fascinantes.

¿Cómo las habrán dibujado?
¡Exactamente aún no se sabe!
Pues los hombres en esos tiempos
no tenían aviones ni naves.

De cerca, son simples surcos en el suelo, pero las líneas de Nazca forman diversas figuras tan grandes que solo se pueden apreciar desde lo alto del cielo. Es un misterio pues a pesar de que han sido hechas entre 200 y 600 años antes de Cristo, aún no se han borrado.

Ñ DE ÑUSTA

Carita redonda como la luna,
su risa es alegre como ninguna.
Joven belleza de la realeza,
todos la admiran por su nobleza.

Su canto suena por la montaña
y alegra el sol de la mañana.
Así agradece, como una princesa,
los regalos de la naturaleza.

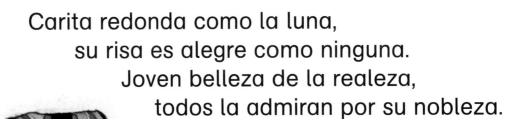

Durante el gobierno Inca, las ñustas eran las doncellas de sangre real. Consideradas princesas incas.

O DE OSO DE ANTEOJOS

Dime, osito hermoso
¿Qué tienes en los ojos?
¿Acaso eres vanidoso
y quieres llevar anteojos?

¡Qué pregunta, niño curioso!
No llevo anteojos ni soy vanidoso.
Lo que yo tengo son manchas coquetas
y al oso de anteojos… ¡Se le respeta!

En el Perú, esta curiosa especie de oso que vive en la región andino amazónica.
Se caracteriza por las manchas en su rostro en forma de anteojos y en su pecho.

P DE PAPA

Papa amarilla para la papilla.
Papa blanquita para hacerla frita.
Papa para ti, papa para mí.
Papa con sal como me gusta a mí.

Papa rosada para hacerla saltada.
Papa Tomasa con pollo a la brasa.
Papa para ti, papa para mí.
Papa con sal como me gusta a mí.

Papa bicolor, ¡qué rico sabor!
Papa pequeñita ¡con mucha salsita!
Papa para ti, papa para mí.
Papa con sal como me gusta a mí.

De las 5 000 variedades de papa que hay en el mundo, en el Perú se encuentran alrededor de 3 000. La papa es uno de los aportes del Perú al mundo. Fue uno de los alimentos más importantes de los antiguos peruanos, quienes desarrollaron avanzadas técnicas para deshidratarlas y almacenarlas.

Q DE QUIPUS

Cuento y cuento con los quipus
cuento uno, cuento dos, cuento tres...
cuento granos, cuento llamas
cuento una y otra vez.

Cuento cientos de nuditos
con gran concentración,
pues en estas grandes cuerdas
se guarda mucha información.

Cuento diez, cuento treinta
y hasta ciento noventa.
Ato nudos de colores
para no perder la cuenta.

Los quipus son un conjunto de hilos anudados que servían a los incas para llevar la contabilidad de mercadería, ganado y hasta de poblaciones enteras. Cada nudo y color tenía un significado diferente. Eran prácticamente computadoras que no necesitaban electricidad.

33

R DE RETABLO AYACUCHANO

Linda cajita de sorpresas
adentro no guardas princesas;
guardas belenes y tradiciones
que para nosotros son bendiciones.

Guardas burritos y ovejas,
guardas costumbres muy viejas.
Detrás de tus puertas de colores
tú guardas todos mis amores.

Su origen fue el adorno de los altares de las iglesias y los belenes
portátiles, con el tiempo se transformaron en cajas de madera con
figuras que representan diferentes manifestaciones de la vida cotidiana.

S DE SEÑOR DE LOS MILAGROS

¡Milagros, milagritos, milagrero!
Voy al Centro de Lima con sombrero.
Para ver al Señor de Los Milagros en procesión
y a cantar y rezarle con mucha devoción.

La congregación de los nazarenos
adora a nuestro Cristo Moreno
quien a pesar de los terremotos,
sigue en pie y con miles de devotos.

En cada mes de octubre se le rinde un homenaje.
¡Lleva incienso! , ¡y morado debe ser tu traje!
Él te concederá un milagro si le pides con fervor
y ofreces una oración hecha con mucho amor.

Es una imagen de Cristo pintada sobre la frágil pared de adobe de la cofradía de los nazarenos, famosa por haber resistido varios terremotos. Se le atribuyen muchos milagros y miles de devotos asisten a rezarle a su imagen en el mes de octubre.

T DE TITICACA

Me cuenta mi abuelo
que muy cerca del cielo
hay un lago navegable
con aguas azules y amables.

Sobre sus aguas flotan viviendas.
¡Son las casas de los uros!
Con totora tejen las tiendas,
con totora tejen los muros.

Navegó en lo alto del mundo
con su poncho fino de alpaca
aquellas aguas de azul profundo
del gran lago Titicaca.

El lago Titicaca es el lago navegable más alto del mundo. Su territorio se comparte entre Perú y Bolivia.

U DE UÑA DE GATO

Hay un remedio natural
que cura casi de todo mal.
Es una planta milagrosa,
llamada Uncaria Tomentosa

Es más conocida como uña de gato
y nunca te olvides de este dato:
mejora las defensas del organismo,
es efectiva, ila probé yo mismo!

Uncaria Tomentosa es su nombre científico. Es una planta medicinal que habita en la selva del Perú. Capaz de curar reumatismo, asma, alergias y hasta el cáncer, ha sido empleada por la medicina tradicional durante muchos años y hoy se le puede encontrar en forma de cápsulas, jarabes e infusiones.

V DE VALICHA

«Valicha» es un lindo huaynito
que toco con mi quena muy bonito.
La canción cuenta una historia de amor,
por eso la canto con mucho candor.

Un charango me acompaña con alegría
y las parejas bailan mostrando algarabía.
La bailan con sombreros de colores,
chalecos, camisas y faldas negras con flores.

Todos los niños la bailamos en la escuela.
Me vio bailarla mi mamá y también mi abuela.
¡Levanta las rodillas, mueve la cintura!
¡Menea tu cabecita y baila con soltura!

La Valicha es una de las más populares canciones del Perú, a ritmo de huayno,
compuesta por Miguel Ángel Hurtado Delgado en 1945, inspirado en el amor que
sentía por una muchacha llamada Valeriana, a quien apodaban «Valicha».

41

W DE WAYRURO

Te regalo un collar con semillas de wayruro,
te va a gustar, ¡yo te lo aseguro!
Sus cuentas son rojas con negro,
si te lo veo puesto ¡te prometo que me alegro!

Los antiguos peruanos lucían sus wayruros
pues con estas semillas se sentían seguros.
Cuentan las leyendas que nos libran de los males,
de las brujas, de los duendes y de feos animales.

En la selva peruana el wayruro es popular,
en sus bosques frondosos lo puedes encontrar.
Yo tengo wayruros colgando en mi llavero
y ya te puse dos dentro de tu monedero.

El Wayruro es una semilla del árbol del mismo nombre
que crece en la selva peruana y sale de una vaina (al
igual que los frijoles o las habas), es popular por
tener lindos colores rojo y negro. No es comestible
(es tóxica) pero se le utiliza para elaborar joyas
y adornos y se le considera de buena suerte.

X DE XEQUI

Maíz blanco, amarillo o morado,
negro colorado o de colores mezclado.
«Xequi» le llaman los pobladores de la selva peruana
y es tan rico y nutritivo como la misma manzana.

¿Me lo sirves con un pedazo de queso?
¡Si tú me lo sirves te ganarás un beso!
¡Qué generosa es la sabia naturaleza!,
pues siempre nos deleita con toda su riqueza.

El «xequi» es un alimento sano y sabroso
que te ayudará a ser fuerte como un oso.

Los Cashibos son unos de los muchos pueblos que viven en
la selva Peruana. Ellos en su lengua, al maíz le llaman «xequi». En el Perú se
puede encontrar maíz de todos los colores: blanco, amarillo morado, negro colorado
y mezclado. Hoy en día, en la costa, sierra y selva del Perú, se cultivan más de 55
variedades de la popular mazorca, más que en ningún otro lugar del mundo.

Y DE YANAHUARA

¡Qué fortuna!, ¡qué fortuna!
¡Tengo una vista como ninguna!
Desde aquí veo tres volcanes
y al mismo tiempo me como tres panes.

Yo me como un pan cuando veo un volcán.
Cuando veo el Misti como plátano con pan.
Cuando veo el Chachani, como pan con mermelada.
Cuando veo el Pichu Picchu, como pan con jamonada.

¡Qué fortuna!, ¡qué fortuna!
¡Tengo una vista como ninguna!
Tres volcanes veo aquí
y tres panes me comí.

En la ciudad de Arequipa hay un lugar especial desde donde se puede apreciar el volcán Misti en toda su expresión. Es el mirador de Yanahuara, muy visitado por turistas locales y extranjeros.

Z DE ZAMACUECA

De la Zamba, la Marinera y de la Cueca
nace la sabrosa Zamacueca.
Traído por gitanos, mulatos y negros de Angola,
aquí mezclaron sus raíces en una música sola.

Suena el tundete de la guitarra dentro de un callejón
acompañada por los golpes de un viejo cajón.
Las damas de vestido y los hombres con sombrero,
todos mueven los pañuelos, la cocinera y el barbero.

¡Que suenen las guitarras!, ¡que se arme la jarana!
¡Que hoy bailo muy contento y canto hasta mañana!

La zamacueca es un antiguo estilo musical y baile del Perú, que fue madre de la Cueca, la Zamba, y la Marinera. Comenzó a destacarse durante los siglos XVI y XVII en donde esta forma mestiza musical se popularizó en las fiestas y bares de los barrios de clase media limeños. Hoy es muy popular en la costa norte del Perú, especialmente en Piura.